O VIDEOGAME DO REI

Ricardo Silvestrin

O VIDEOGAME DO REI

EDITORA RECORD
RIO DE JANEIRO • SÃO PAULO
2009

CIP-BRASIL. CATALOGAÇÃO-NA-FONTE
SINDICATO NACIONAL DOS EDITORES DE LIVROS, RJ

Silvestrin, Ricardo, 1963-
S593v O videogame do rei / Ricardo Silvestrin. – Rio de Janeiro: Record, 2009.

ISBN 978-85-01-08580-1

1. Romance brasileiro. I. Título.

CDD- 869.93
09-0340 CDU- 821.134.3(81)-3

Capa: Luis Giudice/João Silveira

Texto revisado segundo o Novo Acordo Ortográfico da Língua Portuguesa.

EDITORA RECORD LTDA
Rua Argentina 171 – Rio de Janeiro, RJ – 20921-380 – Tel.: 2585-2000

Impresso no Brasil

ISBN 978-85-01-08580-1

PEDIDOS PELO REEMBOLSO POSTAL
Caixa Postal 23.052
Rio de Janeiro, RJ – 20922-970

guerra é assunto
importante demais
para ser deixado
na mão dos generais

Leminski

Sumário

O VIDEOGAME DO REI

CAPÍTULO 1

O REI E OS MINISTROS

— Faça entrar o ministro da Guerra!

O baixote enveredou em direção ao rei, cruzou o salão que o deixava menor ainda, as paredes sem fim, o teto que quase não se enxergava mais. Fez reverências e ficou em silêncio.

— Então? — falou o rei, num misto de simpatia e ordem.

— As tropas inimigas estão sitiadas. Os combates começam, terminam e recomeçam. Nossos homens são decapitados e se recompõem. Mas temos mais pontos do que o inimigo. Por isso ainda temos vidas a pôr em jogo.

— Sim. E o que mais? O que você sabe, mas acha inútil saber? O que viu, mas duvidou? O que não está em jogo, mas comanda tudo?

— Nossos homens lutam sem saber por quê. Os do inimigo também. Se tivéssemos uma causa, uma crença, ganharíamos muito mais fôlego. Eu vi um vazio completo no rosto de um dos nossos. Quase como se não houvesse rosto. Um buraco por onde se podia ver o céu do outro lado.

— Eu sei. Há muito tempo já perdemos qualquer vestígio de causa. Hoje lutamos porque é preciso lutar. Se não lutássemos, faríamos o quê?

— Eu, o ministro da Guerra, certamente não faria nada.

— Mas você não faz, na verdade, nada. As guerras se fazem e refazem por si. E o rei também existe para nada.

— Para nada? Se as tropas inimigas acabarem com o nosso rei, seremos escravos delas. Seremos torturados, tratados como bichos. O rei existe para nos libertar.

— Engano seu. Vocês não são livres. São meus escravos.

— Somos fiéis ao nosso rei. Nosso coração escolheu ser fiel. Somos escravos da nossa devoção. Recebemos em troca nossos cargos, nosso sustento.

— Obrigado, ministro. Pode ir.

O homenzinho sumiu no fim do salão. O rei abriu seu visor para o mundo de fora do castelo. Viu o ministro da Guerra entrando num carro movido a ar que flutuava a um metro do chão. Apontou o raio e explodiu o carro. O ministro voou em vários pedaços pela calçada. O rei, que tinha o hábito de falar sozinho, começou:

— A vida de cada um está em suas próprias mãos, não nas minhas. A capacidade de ver com clareza, de somar, de proteger a si e aos outros é que vai determinar se a vida segue ou não. Não é um jogo, mas todos pensam que é. Por isso não são reis.

O secretário anunciou a chegada do ministro da Guerra. O rei autorizou que entrasse novamente. Recomposto, o homenzinho, dessa vez, foi logo falando:

— Se o rei acabar com as vidas daqueles que o protegem, acabará consigo mesmo.

— Não sou eu quem acaba com a sua vida. É você. Quando disse que era preciso ter alguma causa, já acabou matando a si mesmo. Quem vive pela causa não vive. Em vez de se ocupar da sua vida, ocupa-se da causa.

— Obrigado, Alteza, por me fazer enxergar.

O ministro sumiu novamente pelo corredor. O rei olhou pelo visor externo seu carro partir.

Do alto do castelo, o soberano viu as nuvens de chumbo se aproximarem. Lá no topo, a chuva e os raios o envolveram. Embaixo, na rua, a multidão se apressava para se molhar um pouco menos. Olhavam para o alto e sabiam que lá deveria estar o rei, sábio e solitário. Ninguém duvidava da sua sabedoria. Não temiam sua força. Temiam seu saber, sempre inacessível, sempre à frente de qualquer um. Quando destruía os funcionários reais, acabavam concordando que deviam ser destruídos mesmo. Quando se recompunham, evoluíam. Mas a vida não era eterna. Uma hora não conseguiriam se recompor.

Abaixo do rei estava o ministro da Cultura. Ele desenvolvia um programa de cursos para os cidadãos. Eram as aulas de sabedoria real. Mas, por mais cursos que fizesse, essa sabedoria nunca poderia ser plenamente transmitida, pois as pessoas tendiam a reproduzir as palavras do rei, não a capacidade de raciocinar dele. Por não conseguir transmitir essa diferença básica para todos, o ministro da Cultura já havia sido partido em mil pedaços cinco vezes. Mudava de método a cada nova tentativa, mas sempre com resultados muito baixos. Comentava-se no reino que provavelmente ele teria apenas mais três vidas.

O ministro da Guerra desceu do carro em frente ao Ministério da Cultura. Subiu os duzentos andares e foi se reunir com o ministro que já estava no fim das vidas.

— Soube pelo povo que você já não sabe mais o que fazer para revelar a sabedoria real.

— Pois soube certo.

— Estive pensando...

— Pensamentos de guerra para a cultura? Temo que não combinem...

— Será? Estive pensando que poderíamos unir nossos ministérios. Quando tratássemos de guerra, usaríamos os conceitos da cultura. E vice-versa. Assim, colocaríamos no campo de batalha armas que o inimigo não tem. E, na cultura, um espírito de batalha de que ela precisa.

— Parece bom... E o que a guerra pode ensinar ao povo sobre o pensamento real?

— O pensamento real é o pensamento da guerra. Um rei está sempre em guerra contra seu povo. Se não se defender, o povo o destrona. Todo o seu discurso é uma guerra velada.

— Brilhante! Então o próximo curso de cultura sobre o pensamento real será dado pelo ministro da Guerra. Aceita o convite?

— Está aceito. Mas agora preciso saber o que a cultura somará para a guerra.

— Bem... que tal começarmos com aulas de ritmo? Iniciaremos estudando a poesia, a métrica, a versificação... Todo movimento é uma questão de ritmo. Treinados, nossos homens poderão ler a métrica do inimigo e propor ritmos que os desconcertem.

— Interessante...

Os dois se despediram cheios de planos. Os novos programas entrariam em vigor imediatamente.

CAPÍTULO 2

A RAINHA

Trancada em seus aposentos, a rainha escrevia todo dia um blog que era muito lido no reino, sobretudo pelas mulheres.

Seu pensamento era basicamente o seguinte: o homem é a guerra. Não o homem no sentido da espécie humana, mas do sexo masculino. O homem, obsessivo, não pode ver nada fora do lugar. É ele quem faz a ordem do mundo. E pune a desordem violentamente. O motivo? Não suporta que desarrumem o que construiu. Fica inseguro. Não pode viver num mundo vago, de véus e possibilidades. Precisa do visível. Como seu pênis. O gozo da mulher é para dentro. O homem perscruta a vagina, perde-se no vazio que não domina. É o único momento em que se permite sair do objetivo e cair no que não conhece. Por isso concede à mulher um lugar de deusa. Cobre-a de ouro. Trabalha por ela. Deixa-a viver simplesmente. Não se importa de construir um mundo inteiro em que ela viva tranquila. Mas não tolera que ela saia desse lugar. Não tolera nada fora do lugar. Por isso, a guerra. É capaz de destruir uma cidade, um país. Só para reconstruir e botar tudo no seu devido lugar. Para acabar com a guerra, só acabando com o homem. Ou levando as mulheres para o poder. Teríamos, segundo a rainha, finalmente um mundo justo e fraterno. No lugar da destruição, o abraço. No lugar da matança, a vida. No lugar da violência, o carinho.

O rei também lia diariamente o blog. Mas nada comentava. Quando se encontravam no enorme palácio, nem tocavam nesses assuntos. Falavam do trivial, das coisas da vida que dividiam. Como qualquer casal normal. Os dois se amavam. Não se imagina que um rei e uma rainha possam ter uma relação amorosa. O normal é uma relação de interesse. Mas se amavam e viviam bem. A visão da rainha sobre política não desestabilizava o rei. Ela não falava diretamente contra ele. Apenas pensava alto sobre a condição humana. O rei a admirava por isso, embora desconfiasse da aplicabilidade das ideias que sua esposa emitia. Não tinham filhos. Nunca se soube por quê. Comentava-se no reino que ele era estéril. Talvez fosse uma maneira de desfazer o poder real ou debochar dele. Ao certo, ninguém sabia. Poderia ser uma escolha. O rei inclusive afirmou uma vez que não gostaria de se perpetuar no trono. Se pensarmos um pouco sobre suas palavras, ter filhos era uma maneira de ser eternamente rei.

Da rainha também diziam que não tinha filhos com ele por não compartilhar das ações bélicas do marido. Associavam as ideias dela com o fato de não querer dar herdeiros para um homem que está no lugar de destruir todos aqueles que se puserem nos caminhos do reino. Mas quem convivia com o casal sabia que nada poderia afetar o amor que um tinha pelo outro. Talvez fosse um amor que não admitia ser compartilhado com mais ninguém. Nem com filhos.

CAPÍTULO 3

O Conselho Real

— Declaro iniciada a reunião do Conselho Real! — disse o rei do alto do seu trono.

Na mesa, quatro metros abaixo, o primeiro conselheiro do reino expôs o tema do encontro.

— Alteza, o que nos traz aqui é o resultado de uma pesquisa importante que foi encomendada pelos conselheiros do reino.

Os doze conselheiros olharam para o rei com ar de quem confirma o que foi dito. O primeiro conselheiro prosseguiu:

— O intuito foi verificar as condições de atraso tecnológico em que se encontram as pessoas do nosso reino. Os dados mostraram que todos aqueles que não trabalham diretamente com o castelo real, nisso incluindo todos os ministérios e serviços ligados ao rei, vivem no mais completo atraso. Seus carros são a gasolina e não a ar. Suas casas não têm aparelhos de visualização externa, o que os torna sempre vulneráveis a qualquer ataque de bandidos ou de inimigos. Seus trabalhos são relacionados com um mundo totalmente físico, como consertos de fechaduras, por exemplo. Um bárbaro contraste com nossas casas, em que entramos abrindo as portas com as ondas do pensamento. O abismo entre o mundo ligado ao rei e o mundo externo tende a se tornar de tal modo intransponível que as hordas de insatisfeitos podem tentar tomar o que não têm pela força. Para podermos nos precaver contra isso é que fizemos essa pesquisa.

O rei apertou o botão que ficava no braço do trono e desintegrou os treze homens que estavam na sua presença. Cabeças rolaram pelo chão. Corpos explodiram nas paredes. Alguns minutos depois, sete dos treze se recompuseram. O primeiro conselheiro real voltou, mas ainda sem os dedos da mão direita. Olhou para a mão e para o rei e falou:

— Majestade, no que erramos dessa vez?

O rei perguntou:

— Quanto custou a pesquisa?

— O custo de sempre.

— Quer dizer, o culto altíssimo de sempre. Para averiguar todo o reino, são gastos recursos incalculáveis. E para quê? Algum investimento foi feito nesses anos todos para atualizar, em termos tecnológicos, a população?

— Não.

— Existe outra força capaz de fazer isso além do próprio poder real?

— Não.

— Há alguma possibilidade de acontecer avanço tecnológico fora do círculo real?

— Não.

— Então? Era preciso pesquisar?

— Não, Majestade.

Todos os outros conselheiros já haviam se refeito. Falaram em coro:

— Obrigado, Alteza, por nos fazer enxergar.

CAPÍTULO 4

A VIDA DO POVO

O chaveiro fechou sua barraca e foi para casa de bicicleta. Já eram seis horas da tarde. No caminho, caiu uma forte chuva que o fez parar num bar para esperar que passasse. Pediu uma cerveja. No outro lado do balcão, uma mulher de trinta e poucos anos trabalhava com ar de cansada. Ele pensou que talvez ela fosse esposa do dono, mas, como a achou bonita e não tinha nenhum homem por perto, começou a puxar conversa.

— Acho que essa chuva vai longe.

— É.

— A que horas fecha aqui?

— Às sete. Depende do movimento. Às vezes, às oito.

— E o dono fica até fechar?

— Fica. O dono sou eu.

— Ah, a dona... E o seu marido fica junto?

— Não tenho marido.

— Ah... É viúva?

— Não.

— Então não gosta de homem?

— Como assim?

— Sim, porque bonita desse jeito, sem homem... Só se não quiser...

— Você acha que homem é tudo o que uma mulher pode querer na vida?

— Não, quer dizer, sei lá... Você que é mulher é que pode dizer... Eu sei que uma mulher assim como você é tudo o que um homem quer da vida...

— Está enganado... Os homens querem a guerra...

— Ih, já sei... Anda lendo o blog da rainha... Essa mulher quer é acabar com a nossa raça. Odeia o marido e bota a culpa em nós!

— Você acha que ela odeia o rei? Ela vive dizendo que ama o cara...

— Que ama que nada. Nem filho eles têm...

— E você acha que mulher só serve pra dar filho?

— Lá vem você com perguntas de novo! Mulher serve, mulher quer... Tudo bem, está parando a chuva... Quanto deu a cerveja?

Ele pagou e saiu.

A mulher do bar ficou mais uma hora trabalhando. Fechou o boteco e se mandou pra casa. Depois de tomar banho e jantar, foi para o computador ler o blog da rainha. Quando o sono veio, arrumou a cama e dormiu. Teve um sonho esquisito. Passeava de bicicleta com o cliente que tinha lhe passado uma cantada. Ao lado deles, duas bicicletas menores com duas crianças. Eram os seus filhos. Quando acordou, disse para si mesma:

— Te esconjuro, satanás!

Foi trabalhar. Abriu o bar. Chegaram os bêbados da manhã. Todos desempregados. O papo que rolava nas mesas era sobre a falta de trabalho no reino. Quem trabalhava para o rei estava numa boa. Os outros que se lixassem. Mas todos eram unânimes no seguinte: não tinham que carregar no corpo o chip do videogame do rei. Assim, não viviam sendo detonados e revividos como os funcionários reais. Se morressem, morriam como sempre se morreu. Batiam as botas e pronto: iam pra cidade dos pés juntos. Por nenhum dinheiro do mundo queriam viver sob essa ameaça de explodir e ter vidas e mais vidas até que um dia não teriam mais pontos para voltar. Isso era loucura. Como é que ninguém dá um jeito?

— Bota esse rei e a sua turma pra correr! — sempre concluía um dos bêbados.

Ele era ex-soldado. Quando soube que iria ganhar o tal chip, pediu baixa da corporação. A dona do bar sempre vinha com a tese da rainha de que os homens é que faziam a guerra, os chips e tudo de ruim que existia no reino. O ex-soldado retrucava:

— Não é nada disso. Esse rei até bicha deve ser!

Outro já emendava:

— É... não tem filho... O casamento deve ser só fachada... Vai ver que é um baita dum marreca!

Já perto do meio-dia, o ex-soldado pagou as cervejas que bebeu e foi meio grogue pra casa. Quando tentou abrir a porta, viu que a fechadura estava estragada. A porta não abriu nem com todos os empurrões que ele deu. Ligou do telefone celular para o chaveiro do bairro, aquele mesmo da cantada na dona do bar. Ele chegou de bicicleta. Consertou a fechadura e foi embora.

CAPÍTULO 5

O REI E A RAINHA

— Onde estão minhas cuecas novas? — perguntou o rei para a rainha.

— A governanta não deixou no armário?

— Não.

— Um momento. — Ecoou o nome da governanta no castelo pelos dois mil alto-falantes.

A empregada veio correndo com as cuecas do rei nas mãos.

— Então nem precisei dizer do que se tratava... — disse a rainha.

— Quer que eu a faça ir pelos ares? — perguntou o rei.

— Vontade não me falta. Mas você sabe que é contra meus princípios.

Os dois acabaram de dar a trepada matinal que tanto os revigorava. O hábito vinha da época em que ambos nem eram ainda rei e rainha. O reino era recente. Antes da revolução que transformou a democracia em nova monarquia, os dois eram pessoas comuns. A corrupção das classes políticas acabou fazendo com que todos nem quisessem mais saber de votar em alguém. A última votação que fizeram foi para rei. E o rei que se encarregasse de fazer no reino a organização política que quisesse. Teria plenos e ilimitados poderes. O dinheiro que antes ia para pagar os salários e custos dos políticos seria investido em tecnologia. O reino virou um dos mais avançados e preparados para enfrentar os tempos de guerra sem fim que se iniciavam. O rei era professor de filosofia antes de ganhar a votação. Não tinha muito dinheiro, pois dava poucas aulas, já que a maioria das escolas não oferecia a disciplina. Sobrava apenas a universidade. Sua mulher era formada em sociologia. Estava fazendo doutorado e interrompeu quando virou rainha. Estudava a história das mulheres na política. A tese que não defendeu na banca de doutorado expunha a conta-gotas no blog.

Apesar de serem intelectuais, com ideias modernas, levavam uma vida de casal tradicional. Ela administrava o castelo. Ele, o reino. Mas era tudo força de expressão. Nem o castelo estava administrado, nem o reino.

Havia toda uma vida clandestina que se dava no castelo, alheia aos olhos da rainha. Onde estava a governanta quando a rainha a chamou? Nos bacanais com os faxineiros. E as cuecas do rei? A fantasia usada por um dos funcionários para apimentar o orgia. Exorcizar o rei e a rainha era a arma de todos para conviver com o pânico de serem explodidos a qualquer momento.

E o reino? Havia muito todos sabiam que não há governo capaz de acabar com algum problema. Os reinos e os países se fazem ao longo dos séculos. Os reis e os governantes passam. Administram para si mesmos. Formam um mundo próprio de privilégios. O dinheiro circula para sustentar suas vidas e seus caprichos.

O filósofo, nos tempos em que dava aulas na faculdade, estudou o comportamento dos seus alunos, todos com longos anos passados em frente aos videogames. Chamou a atenção do intelectual que havia se formado uma geração que viveu vidas e mais vidas paralelas, simulacros de realidade. Mais do que isso: pessoas que faziam e refaziam o real várias vezes por dia. As noções de morte e vida pareciam ter adquirido um novo significado. Era possível morrer e reviver enquanto os pontos do jogo permitissem. Quando assumiu o trono, investiu toda a grana do reino numa forma de trazer para a realidade esse princípio do videogame. Usou-o como uma grande arma nas guerras, na condução da administração pública e também numa tentativa de refazer as mentes que ele considerava com graves defeitos de raciocínio. Os países rivais acabaram adotando a mesma tecnologia, com medo de serem destruídos.

Os funcionários do reino tentavam evoluir em termos de raciocínio para não serem explodidos pela sabedoria do rei. E dizer que foi por mostrar essa sabedoria que ganhou a eleição. Entretanto, nos debates que o levaram ao trono, nada falou sobre o uso de videogame para explodir pessoas. Na verdade, nunca falou nem pra si mesmo. Quando teve todo o poder nas mãos foi que ousou pensar em implantar no reino essa ideia que só no alto de um trono pode passar pela cabeça de alguém.

CAPÍTULO 6

A CULTURA E A GUERRA

O ministro da Cultura entrou na sala de treinamento dos soldados.

— Bom dia, senhores. Estou aqui para iniciar um novo processo com vocês. A convite do ministro da Guerra, vou desenvolver alguns conhecimentos que, à primeira vista, podem nada contribuir com o que vocês fazem. Mas, quando estiverem no front, notarão que isso que ouviram aqui vai fazer muita diferença. Vamos falar sobre poesia, ou melhor, sobre o Homem. Peço que escutem o seguinte poema:

Mesmo parado, um homem pulsa.
O olho pisca, o sangue corre.
E o que é o pensamento
senão movimento?
Um homem parado, em silêncio,
gesta, no centro,
do lado de dentro,

a ação que aflora
do lado de fora.
Se beijo, se abraço,
se tapa, se tiro,
quem sabe o que vem
à luz nesse escuro?
Repare no homem que anda.
Não olhe para os seus pés,
mas para a cabeça
que comanda.
Um homem com uma espada,
a guerrear,
tem nas mãos o medo.
Não há escudo
que proteja
o seu olhar.

— Ficamos por aqui hoje — disse o ministro da Cultura para os soldados.

CAPÍTULO 7

A GUERRA E A CULTURA

— Não, não há nenhum engano. Não entrei na sala errada. Hoje sou eu, o ministro da Guerra, quem vai fazer o treinamento dos instrutores. Onde está o ministro da Cultura? Treinando os soldados. Os senhores e as senhoras devem pensar que finalmente enlouquecemos. Mas peço que me escutem até o fim para aí então fazer o julgamento. Há anos vocês vêm tentando transmitir para o povo e também para os funcionários do governo a essência do pensamento real. Pelas notícias que me chegaram, sem muito sucesso. Essa evolução proposta pelo rei, de difundir uma forma de pensar, a dele, como fundamental para a melhoria do reino é tarefa das mais difíceis. Mas não impossível, se entrarmos no que é o centro dessa forma de ver o mundo. O que é um rei? Um ser humano a quem demos o privilégio de ser totalmente ele mesmo. Não deve justificativa a ninguém. Toma as atitudes que crê corretas. Não é julgado por nenhuma instância. Na escala de poder, ninguém está acima dele. E como pode ser totalmente, expressa sem pudores, em cada ação, aquilo que é a base do convívio entre as pessoas. Vou mais longe: aquilo que é a base do convívio consigo mesmo. E essa base de tudo é a guerra. Certo, pensarão. Que outra coisa diria o ministro da Guerra? Os psicanalistas dizem que tudo é o inconsciente. Os sociólogos, que tudo é o meio. Os historiadores, que o homem é produto da história, da luta de classes. Os neurologistas, que tudo está em regiões do cérebro. Lá vem o ministro da Guerra vender o peixe dele. Mas peço novamente que me escutem até o fim antes de fazer um julgamento apressado. Qual é a guerra do rei? Impedir que o povo o destrone. Para isso o rei deve ter o povo nas mãos. Impostos são uma forma de manter qualquer cidadão subjugado. Caso não pague, cadeia, confisco de bens e outros constrangimentos. Dirão: impostos servem para custear os serviços públicos que retornam como benefícios para o povo. Sim. Isso é o que é dito. E tudo o que é dito é logro. Só o silêncio é a verdade. Silêncio e ação. Falar serve para ludibriar. Para se fazer prestar atenção nas palavras e desviar o olhar do que não pode ser visto. Impostos servem, em primeiro lugar, para custear a boa vida do rei e de todos aqueles que o protegem de ser destronado pelo povo. Essa é a sua finalidade. Se perguntarem ao rei: o que é mais importante, ele ficar sem comer ou salvar um doente do povo que está sem hospital, sem atendimento médico? Ora, a primeira função do dinheiro dos impostos é pagar a comida do rei e dos seus aliados. Se sobrar algum, que se pague a saúde do povo. Se não sobrar para cuidar de todos, e não sobra, cuide-se de alguns e o resto que se vire sozinho. Se morrerem, fazer o quê? Não tiveram a sorte de ser rei. Constranger o povo, ameaçá-lo, mostrar a cada momento que nem todos podem ser beneficiados, tudo isso leva a temer que algo pior aconteça. O jeito é andar na linha. Se já não está bom assim, ficando contra o rei as coisas só podem piorar. Sem falar nas armas, na guarda real, no exército e mesmo nos marginais e bandidos que podem a qualquer momento tirar o pouco que têm. A mesma guerra se estende entre o rei e seus aliados e funcionários. O chip que faz a todos explodir é uma curiosa metáfora. A rigor, nem precisava existir. Todo aliado sabe que pode ser explodido a qualquer momento. São os que mais temem que isso aconteça que se aproximam do rei. Estão ou endividados, ou falidos, mesmo que não em termos concretos, de posses, estão falidos para a vida. Ou ninguém os quer trabalhando ao seu lado, ou não têm mais forças físicas, mentais, emocionais ou intelectuais para gerir sozinhos suas vidas. Pensam que estando o mais próximo possível do rei conseguirão não ser explodidos. O rei sabe disso. Não os explode em troca de que o protejam de ser destronado pelo povo. Mas tanto o rei como os aliados sabem que, caso haja alguma ameaça, ninguém é mais aliado de ninguém. Embora o rei tenha um poder expresso, ele sabe da sua fragilidade. Os aliados também. Vivem no limite de desaparecerem. Encenam então todos os dias a bajulação, os elogios, de um lado. A autoridade, a dureza, a prepotência e mesmo benevolência, de outro. Dir-se-ia então que a guerra é o que move a política. Enganam-se. A guerra move o homem. Não apenas o homem no sentido de sexo masculino como propaga a rainha. O homem como ser humano, seja de que sexo for. A mulher está em guerra? Sim, consigo mesma. Com seu corpo que está sempre aquém do que ela deseja. O homem deseja o corpo da mulher, mas ela mesma deseja ter outro corpo. Entrega aquele ao homem, mas o dela vive num espaço imaginário. Trava uma guerra diária contra seu corpo por ele não conseguir, e nunca conseguirá, ser o corpo imaginário com o qual ela, se pudesse, casaria. Vive em guerra com o homem por ele amar o que, para ela, é evidente que não merece ser amado. O homem vive em guerra com os outros homens por estes possuírem o que ele não tem. Um espaço no trânsito, um carro melhor, um emprego que remunera mais, um campeonato que seu time não conquistou, umas férias com mais diversão. A guerra do homem é sempre mais infantil e menos profunda que a da mulher. Mas a de ambos ainda é a guerra da superfície, do dia a dia. Há uma guerra que os une. E une os seres humanos a todos os seres vivos. A guerra da vida contra a morte. É incessante. A cada segundo ela se dá. É a mais terrível de todas, pois há sempre um único vencedor. Lutar é inútil, mas lutamos anos e anos. É o nosso desejo de lutar que nos mantém vivos. Quando paramos, a morte aponta o dedo para nós e diz: viu só? Desde que você nasceu não tento provar que é inútil lutar contra mim? Não o envelheci dia a dia? Não curvei seus ombros, embranqueci seus cabelos, deixei seus músculos fracos, ataquei sua capacidade sexual, detonei seus órgãos, suas células, sua memória, seu amor por si mesmo? Precisava passar por isso tudo? Por que não me ouviu e desistiu já no primeiro minuto de vida? Viver é topar entrar numa guerra perdida. Que mais então podemos fazer senão guerrear? Os artistas guerreiam. As escolas que se sucedem, as formas que deixam outras obsoletas, as várias fases de um mesmo artista em guerra consigo mesmo. E o que dizer do amor? Antes, o que é o amor? A busca de alguém que nos proteja de sermos destruídos. Por quem? Por nós mesmos. Alguém que nos impeça de desistir de nós mesmos. Que diga não morra, você é importante para mim. Se não é para você, seja pelo menos para mim. Isso nos dá uma força a mais para lutar contra a nossa morte. Então, a morte começa a lutar contra o amor. A morte que se entrincheira dentro de cada amante. Começa uma batalha de ambos para derrotar o amor que está dentro do outro. Daí a frieza depois de um tempo de doçura. O sadismo de fazer o outro pensar que a qualquer momento pode-se ir embora e deixá-lo com todo esse amor inútil nas mãos. E a vida, aquela frágil que já nasce derrotada, pulsa dentro dos amantes que se unem em desespero para tentar salvar o amor. Mas o amor e a vida são presas fáceis da morte. Resta a guerra. Um contra o outro, cada um contra a sua morte. Os dois contra o amor.

CAPÍTULO 8

A DOENÇA DO REI

Não se pode precisar exatamente quando começa uma doença. Corre por dentro do corpo, fazendo um caminho próprio. Adoecer pode ser um desejo oculto, uma decisão, um contrato acertado em algum lugar da pessoa. Quem sabe uma fuga ou mesmo um último refúgio da própria saúde. Para salvar o que resta de saudável, o corpo adoece, exige repouso ou até a morte. A doença também pode estar baseada num julgamento moral do indivíduo, que não aceita mais viver o que insiste em continuar. Como se uma consciência que não consegue se expressar de outra forma encontrasse na doença um meio de interromper o disparate que se tornou uma vida.

O fato é que o rei acordou naquela manhã e não conseguiu continuar o movimento que havia começado. Estava erguendo a coluna, as pernas flexionadas, os braços apoiados na cama para se levantar. Ficou na mesma posição, parado, sem sair do lugar. Não morreu. Sua respiração continuava, seu sangue circulava. Mas ficou paralisado para sempre. Os médicos o examinaram com os aparelhos mais modernos e concluíram que o rei havia pendurado. Os chips colocados no seu corpo para acelerar o pensamento deram pau. Para reiniciar, só desligando e começando de novo. Mas desligar, no caso de uma pessoa, significa morrer. Então o rei ficou pendurado para sempre. Ninguém o mataria. Até porque ele não reiniciaria.

Puseram-no numa cama real no castelo. Todos achavam que ele não pensava mais, pois sua fisionomia era de estátua. Mas ele continuava pensando, só que agora sem o acelerador. Pensava sobre o que lhe havia acontecido. Sobre como a rainha iria se virar sem a sua presença. Lembrava-se de como era boa a sua vida de professor de filosofia antes de ser tomado pelo desejo de poder infinito que o trouxera até ali. Por mais triste que achasse não conseguir mais se mexer nem se comunicar, estava aliviado. Só o que não o consolava era nunca mais poder falar com a esposa, nem vê-la ou tocá-la. Pensava nos tempos em que lecionavam juntos na universidade. Não tinham muito dinheiro, mas o suficiente para levar uma vida divertida. Jantavam num restaurante comum, iam ao cinema, compravam livros. Não viviam com tudo o que podiam ter a seus pés no castelo. E agora teve a certeza de que não precisavam de tudo isso. O que importava eles tinham. Era a alegria de viverem juntos. O resto era supérfluo. Mas poucos conseguem ver que o que já está em suas mãos é o suficiente. Depois que se tornaram o casal real, o mundo começava e acabava dentro do castelo. Os problemas do reino eram a única pauta. O prazer de pensar, de elaborar, de construir um castelo de ideias e depois desfazê-lo só para construir outro havia ficado perdido, sufocado, gritando a léguas de distância para um desejo surdo.

CAPÍTULO 9

LONGA VIDA À RAINHA

— Senhores ministros, é com pesar que assumo o trono.

Do alto, a voz da rainha descia para a longa sala. Os ministros ouviam atentos, mas ainda inseguros e sem saber o que vinha pela frente. O sentimento de alívio por não terem mais o rei pronto para explodi-los a qualquer momento se misturava com a ansiedade. Como seriam as coisas dali em diante? A rainha iria seguir o que sempre falara em seu blog? Se assim fosse, estariam fritos. Seriam demitidos imediatamente e substituídos por um ministério de mulheres. Ou pior. Ela acionaria as explosões dos chips até que não restasse mais nenhuma vida desses homens malvados, criadores de todo infortúnio sobre a Terra. É claro, pensavam, que esse instinto destrutivo não combinava muito com o que ela pregava. Mas quem pode saber o que se passa na cabeça de uma mulher que está com o marido pendurado?

— Meu marido, tenho esperança, vai voltar e assumir o lugar que é dele. Designei os melhores cientistas e médicos, que não devem descansar enquanto não solucionarem o terrível problema que se abateu sobre a nossa vida e a de todo o reino. Adianto que nada mudará enquanto ele não voltar. Não posso alterar o que ele planejou. Ele está vivo. Não pensem os aproveitadores que não temos mais rei. Seu pensamento vive. E é ele quem governa.

Ao ouvir essa fala, todos os ministros aplaudiram. Demonstravam assim lealdade à nova governante e ao antigo. É certo que preferiam ouvir que a partir de então ninguém mais seria explodido. Mas o alívio de saber que seus cargos e, sobretudo, suas rotinas não iriam se alterar era o que mais sentiam. O aplauso foi uma forma de relaxarem.

O ministro da Cultura puxou o coro:

— Longa vida à rainha!

A rainha agradeceu e deu por encerrada a solenidade. Após os cumprimentos e reverências, foi para o quarto onde se encontrava o marido estático e chorou até perder a noção do tempo. Dormiu ao seu lado, de cetro e coroa.

Enquanto ia para casa, o ministro da Guerra avaliava as palavras da soberana como uma possível estratégia para aos poucos dominar a todos. Se afirmasse de cara que iria mudar tudo, as resistências seriam enormes. É melhor não despertar o inimigo. Melhor ainda é deixá-lo pensar que é seu amigo. Teria muito cuidado dali para adiante. A rainha podia enganar a todos, menos a ele, pensava. Prestaria a máxima atenção a todos os novos movimentos. Formaria um grupo secreto para espioná-la. Caso fosse preciso, lideraria a rebelião para destroná-la. Ou a rainha passara esse tempo todo mentindo em seu blog, o que era inadmissível, ou estava tramando ardilosamente fazer do reino o lugar para oprimir os homens e dar o poder às mulheres.

Já o ministro da Cultura foi embora pensando como aquela mulher era uma pessoa da mais alta sensibilidade e força de caráter. Mostrou que merecia o lugar que ocupava a partir de então. Revelou a todos o amor pelo marido. E o que é o amor, disse para si mesmo, senão a lealdade ao sentimento que se tem por quem se ama? Estava disposto a ajudar Sua Alteza em tudo o que fosse preciso.

A notícia de que agora o reino tinha um novo líder foi transmitida a todos imediatamente. No dia seguinte, a rainha acordou sem saber bem onde estava. Viu o cetro, sentiu a incômoda coroa na cabeça. Levantou e chamou os médicos e cientistas para darem o relato do que tinha evoluído no diagnóstico e das soluções de cura para o seu marido.

— É praticamente certo, Alteza, que não há como reiniciar o rei.

— E o curioso é que o chip acelerador do pensamento foi feito para nunca pendurar. Até hoje nunca pendurou.

— Aliás, pendurar é coisa de décadas atrás. Nunca mais nenhum equipamento desenvolvido depois da revolução tecnológica implantada pelo rei pendurou. É como se tivéssemos voltado no tempo.

— Algo sobre que não temos ainda domínio completo é a relação entre o corpo e os chips. E quando digo corpo incluo as emoções.

— Está querendo dizer que o chip se torna vulnerável às emoções? Não creio.

— Crer não é tarefa de cientista. Formular hipóteses e ver se podem ser verdadeiras, sim. Tudo que entra para o corpo humano passa a ser governado por ele.

— Chips com sentimentos? Terei que viver mais mil anos para cogitar tal hipótese.

— Quem sabe quantas vidas você ainda tem? Se o rei estivesse aqui poderia explodi-lo por duvidar do avanço da ciência. Ninguém descobre o que já conhece.

— Senhores — disse a rainha. — Não peço que entrem em acordo. É a partir da riqueza do confronto de ideias que o mundo avança. Peço apenas que não descartem nenhuma possibilidade para tentar trazer o rei de volta. Podem se retirar.

Após a saída dos médicos e cientistas, a rainha ficou horas pensando nas palavras pronunciadas em sua presença. O que ficou rodando em sua cabeça como num aparelho de som que repete sempre o mesmo trecho era que o fato de o chip pendurar parecia uma volta ao passado. Lembrou-se de quando fazia seus trabalhos no velho computador do seu apartamento para lecionar na faculdade no outro dia. De repente, no meio da madrugada, o computador pendurava, e ela perdia tudo o que havia escrito. A única coisa a fazer era reiniciar.

CAPÍTULO 10

OS COMENTÁRIOS DO POVO

Uma das mais ardorosas fãs do pensamento da rainha ficou decepcionada ao ler o blog pela manhã. Foi cabisbaixa abrir seu bar, como fazia todos os dias. O chaveiro que agora tinha o novo hábito de tomar o café da manhã no boteco perguntou o que estava deixando a moça tão abatida.

— Você não leu o blog da rainha hoje?

— Que é isso? Tá me estranhando?

— Sem brincadeira. Ela disse que não vai mudar nada. Vai fazer tudo como o rei fazia. Não dá mesmo pra acreditar em ninguém. Então ela passa esses anos todos falando mal dos homens e de como as coisas mudariam se fossem administradas pelas mulheres. Quando chega, fala que vai fazer tudo igual!

— Pois é. Mas o que muda mesmo quando as coisas são administradas pelas mulheres? Por exemplo, o dono deste bar é uma mulher. O que o bar tem de diferente em relação aos outros? Vende trago? Vende. Misto-quente? Também. Meia taça, pão e manteiga? Claro. Cafezinho, batida, vitamina...

— Pelo menos eu nunca disse que meu bar seria a oitava maravilha do mundo porque tem uma mulher no comando...

— Isso é verdade.

— Quando penso nas noites em claro que passei lendo o blog dela pra no fim ser tudo mentira...

— Blog é blog. Serve para a gente ler. É que nem livro. O que tem ali não é verdade. Mas é divertido. Não dá pra levar tudo tão a sério. Se fosse verdade mesmo, ninguém escrevia. A verdade verdadeira a pessoa só fala depois de muita pinga. Por falar nisso, ó...

Chegou o ex-soldado, e foi logo pedindo um conhaque. Depois de beber tudo de um só gole, passou a mão nos lábios e falou:

— O rei tá pendurado!

— Ih, se até o rei tá na pendura, imagina eu, que sou um simples chaveiro...

— Não é essa pendura, não. O rei ficou pendurado como os antigos computadores. Botaram um chip na cabeça dele sei lá pra quê. Acho que pra melhorar as ideias, ou piorar, vá lá saber. O fato é que a coisa trancou, e o rei ficou paralisado, no mesmo lugar, que nem uma estátua.

— Que horror! A rainha coitada deve estar se sentindo muito triste. Eles se amavam. Ela vivia deixando claro no blog que gostava do cara.

— Deve ser por isso que não vai mudar nada no reino. O rei não tá morto nem vivo.

— Foi o que ela disse para os ministros.

— Como é que o senhor sabe?

— Tenho as minhas fontes.

— Que chique! Fontes! E como é que se faz para despendurar o homem? Se estivese trancado, era só deixar comigo que tenho os meus poderes. Não tem porta que eu não abra.

— Dizem que tem de fazer o cara reiniciar. Mas é impossível, porque, se reinicia, morre.

— Ué, mas e essa gente que explode e volta? Não é um jeito de reiniciar? Outro dia, eu tava arrumando uma fechadura quando vi um cara do governo explodir do meu lado e uns minutos depois voltar aos poucos, primeiro a orelha, depois a barriga, o pé esquerdo, e assim foi até ficar inteiro de novo.

— Mas não deve ser a mesma coisa. O rei não ia botar chip pra ser explodido dentro dele mesmo. Vá que alguém descobre como a coisa funciona e acaba mandando o cara pelos ares com coroa e tudo. No quartel tem um monte de gente querendo acabar com o rei. Se acham um jeito, adeus Sua Alteza.

— E agora? A rainha vai continuar explodindo todo mundo? Ela disse no blog que tudo ia ficar exatamente igual.

— Bom, a rainha que se vire, o rei pendurado que se lixe, os funcionários do governo que se explodam, porque eu preciso pegar a bicicleta e ir pro trampo. Ficar aqui resolvendo o problema deles não paga as minhas contas. Até porque eles é que deveriam resolver os nossos...

Mal sabia que talvez tivesse ajudado, sim, a resolver o problema do rei. Ao sair dali, o ex-soldado entrou em contato com o ministro da Guerra. Era essa a sua fonte. Os dois tinham trabalhado juntos no quartel. O destino de um, bêbado, desiludido, contrastava com o do outro, no comando mais alto da carreira. Mas tanto um como outro tinham capacidade semelhante. O que agora parecia derrotado era na verdade o que deveria ocupar o cargo de ministro. Mas fugira a tempo. Sua capacidade de ver mais longe o desviara de todos os riscos que se anunciavam com as atitudes do rei. Já o outro acabou enredado sem ter como escapar. Mas respeitava a visão do ex-colega, tanto que costumava pedir conselhos, mesmo sabendo do estado lamentável em que se encontrava com o problema do alcoolismo. O que o ex-soldado comentou foi a fala do chaveiro a respeito de colocar um chip no rei para reiniciá-lo depois de uma explosão.

O ministro achou a ideia extraordinária. Entretanto, só quem domina o segredo de como se explode alguém no reino, e que pode fazê-lo, é o próprio rei. E ele está incomunicável. A menos que a rainha também saiba. Mas será que explodiria o rei? Ela era contra as explosões de pessoas. Passou a vida contestando essa e outras práticas de violência. Teria de agir contra tudo o que pensava. Pior, explodindo a quem mais amava. E se desse errado? Se o rei não voltasse e se fosse para sempre? Talvez ela achasse melhor tê-lo ali petrificado, mas inteiro, não em mil pedaços. Por outro lado, trazer o rei de volta era a garantia de que tudo ficaria como sempre foi. A suspeita de que mais cedo ou mais tarde a rainha demitiria todos os homens, substituindo-os por mulheres, impulsionou o ministro da Guerra a propor que a soberana colocasse o chip no marido para tentar trazê-lo, caso ela dominasse os princípios de como se explodem as pessoas e como se faz para que voltem.

No final do dia o chaveiro passou no bar e convidou a bela proprietária para jantar. Ela finalmente aceitou. Era o décimo convite que recebera do rapaz e sempre tinha dito não. Depois da refeição, foram para a casa dele, tomaram um vinho e foram para a cama. Transaram a noite toda. Quando estava amanhecendo, ele perguntou para ela:

— E aí? Ainda acha que homem é tão ruim assim?

CAPÍTULO 11

EXPLODIR OU NÃO EXPLODIR: EIS A QUESTÃO

A rainha sabia como se fazia para explodir os servidores do reino. O rei lhe havia ensinado como medida de segurança. Ela resistiu a aprender, pois achava aquilo terrível. Jamais botou em prática. A operação era um misto de uso de equipamento e de mente. Havia um botão no braço do trono, mas era com a combinação de uma forte mira mental que tudo funcionava. O raio saía da mente e era impulsionado pelo aparelho acionado pelo botão. Ela teria que fazer algo que considerava inaceitável justamente contra o marido. E se não funcionasse?

Quantas mulheres adorariam ter essa oportunidade de mandar seus maridos pelos ares!, pensou o ministro da Guerra, mas nada disse, para não ferir os sentimentos da rainha. E também para se resguardar. Ela poderia se ofender tanto que começaria testando seu poder de destruição no próprio ministro.

— Estamos aqui nos debatendo e nem sabemos se é possível fazer isso — disse a rainha enquanto ordenava que chamassem os cientistas e médicos.

— É uma questão delicada. Ninguém pode afirmar ao certo o que vai acontecer.

— Como não? Os chips de destruição funcionam em qualquer pessoa.

— Mas o rei não é qualquer pessoa. Sua mente é muito desenvolvida. E se ele, bem lá no fundo da sua alma, não quer voltar?

— Oh, lá vem você com essa ideia fixa de que o chip é comandado pelos sentimentos! Chip é chip!

— Então por que pendurou?

— Ora, deve ter havido alguma falha!

— Falha é uma palavra banida do nosso dicionário desde que o rei implantou as novas diretrizes tecnológicas. E por que foi ocorrer o problema logo com o rei?

— Você é cientista ou psicanalista? A rainha e o ministro da Guerra perguntaram para nós uma coisa clara: se colocarmos o chip no rei, e a rainha comandar a explosão, o que acontecerá? Só tem uma resposta: ele voltará como todos.

— A menos que seus pontos já tenham se esgotado, e ele não tenha mais vidas.

— Como teria pontos esgotados, se nunca foi explodido?

— Sim, entendo — disse a rainha. — O risco técnico é praticamente inexistente.

— É isso que eu estou querendo dizer.

— Mas há um risco emocional, se bem entendo a posição do nobre cientista.

— Alteza, esse risco existe. Não posso medir nem provar. Mas não vejo outra explicação para o fato de o rei ter ficado pendurado. Por mais cruel que seja afirmar isso, ele quis ficar pendurado. E o querer, no ser humano, nem sempre é consciente. Há um querer oculto, cujo poder é maior do que tudo por um único motivo: porque não se mostra. Age sozinho.

— Estou entendendo. O senhor está dizendo que posso acabar com o meu marido para sempre... E talvez fosse isso mesmo que ele, sem saber, quisesse...

— Hipóteses, hipóteses, hipóteses... — disse o ministro da Guerra. — Todo ser humano quer destruir a si mesmo. Mas também quer salvar a si mesmo. Essa é a guerra que enfrentamos segundo a segundo ao longo de nossa vida. De nada vale tentar saber o que se passa no coração de um homem. Nem ele mesmo sabe! O que nos resta é olhar os fatos. Um chip na cabeça do rei entrou em colapso e fez com que o soberano pendurasse. Certo, é uma coisa espantosa que isso tenha acontecido. Pendurar era um comportamento tecnológico de décadas atrás. Houve uma volta no tempo. Provocada pelo quê? Não sabemos. Para que o rei retorne, é preciso que seja reiniciado. Com o chip da explosão, desenvolvido a pedido dele mesmo, há a chance de que volte. Há também o risco de que não volte, pois, pelo que entendi, o precedente de ter sido pendurado abre para um campo de incertezas. Resta tentar. Afinal, com todo o respeito que temos pelos seus sentimentos, Alteza, entre viver assim e não viver, creio que o próprio rei escolheria a segunda opção.

A rainha deu por encerrada a conversa. Pediu a todos que a deixassem só. Foi ao quarto onde estava o rei. Olhou com tristeza para aquele rosto de cera. Com um fundo vacilante de esperança, começou a falar com o marido. Pediu que, se pudesse, se a escutasse, tentasse fazer algum gesto positivo ou negativo em relação à odiosa sugestão que recebera. Como já esperava, não obteve nenhuma resposta. Era como se falasse para uma parede. Então continuou falando sozinha com aquele ser inerte. Perguntou se ele lembrava das horas e horas que passavam discutindo sobre tudo nos bares da faculdade. Se o ser humano era destinado ao bem, à solidariedade, e era a vida em sociedade que o fazia ser cruel, egoísta. Ou o contrário. Se era por natureza, como qualquer outro bicho, pronto para atacar quem o ameaçasse, e a vida em sociedade era que o tornava um pouco menos violento. Passavam por Kant, o filósofo alemão, e sua ideia de que havia conceitos humanos universais. E logo se lembravam de Marx, afirmando que tudo era histórico, tudo produto da ideologia e da luta de classes. Quando se deu conta, estava de novo empolgada com a discussão, e uma consciência de que nunca mais poderia ter aquele tipo de conversa com ele a fez chorar como ainda não havia conseguido, sempre rodeada por ministros e criados. Chorou também pela sua vida. Achou triste no que ela havia se transformado. Seu marido era um rei que precisava fazer o reino girar de uma forma que ia contra tudo o que eles sempre pensaram. E justificativas para que as coisas fossem assim não faltavam. A guerra, os inimigos, o futuro que um dia viria triunfante e traria a solução para todos os problemas. Mas o futuro nunca chega. É o presente esmagador que vai se perpetuando. O rei tinha uma vida em que seus problemas materiais eram todos supridos. E tentava fazer evoluir o pensamento de todos em direção a uma vida mais lógica, mais inteligente, mais sábia. Era essa a sua utopia. Acreditava, como Kant, nas ideias universais. Estavam lá e precisavam ser alcançadas. Quando tivéssemos uma população evoluída, capaz de ver as coisas como são, acabaríamos com os problemas sociais. Enquanto isso não acontecia, e sabe-se lá quando iria acontecer, tudo ficava como sempre foi. A melhor maneira de não fazer nada no presente é vender que estamos construindo o futuro. E ela, o que fazia? Nada também. Apenas escrevia em seu blog. É muito pouco para quem sonhava com justiça social, organização dos trabalhadores, participação política das mulheres. Conformava-se em ser a rainha, não do lar, mas do reino. O que dá no mesmo. No fundo queria tudo isso, ou todo o seu charme de intelectual era só para fisgar o homem que amava? Aquele poço de sabedoria, filósofo, cheio de seguidores e, pior, de seguidoras! Teve a certeza de que tudo o que os dois queriam era mesmo estar juntos. Cada um com suas ilusões, seus projetos, sua realizações, suas preocupações diárias, mas, sobretudo, um ao lado do outro. Como poderia explodir a pessoa que era tudo isso para ela?

CAPÍTULO 12

O MINISTRO DA CULTURA E A RAINHA

— Por mais contraditório que possa parecer, as explosões que o rei fazia eram, em certo sentido, bem-vistas pela população e pelos próprios explodidos.

— Não acredito...

— Sim. Havia um efeito didático nas explosões. Significava uma repreensão num primeiro momento. E é claro que ninguém gosta de ser repreendido. Mas todos nós precisamos de limites. E gostamos quando isso ocorre. Em seguida, após a reconstituição, o rei explicava por que o sujeito tinha sido explodido. Esclarecia que a pessoa estava tendo uma visão equivocada sobre algo. E a resposta era a sempre a mesma: "Obrigado, Alteza, por me fazer enxergar." A chance dada pela recomposição e por um número a mais de vidas mostrava que a pessoa pode tentar outra vez. O rei corrigia e dava uma nova chance.

— Compreendo...

— Um bom evento para exercitar, Alteza, é a reunião com o Conselho Real.

— O que devo fazer?

— Ouvir. Os conselheiros farão o relato de alguma medida que estão implementando no reino. Se algo não fizer sentido, se houver alguma falha lógica, ou mesmo um evidente disparate, o que é comum acontecer, é só acionar o botão e mandá-los pelos ares.

— Mas a seguir eles se recompõem...

— Se ainda tiverem vidas...

— E como é possível saber?

— Só explodindo pra ver...

— Estávamos indo tão bem... Explode, volta, explode, volta... Agora posso ser eu a responsável por acabar definitivamente com uma vida!

— Negativo, minha rainha. Quem acaba com sua vida é a própria pessoa. Se seguir pensando errado por uma existência inteira, já está vivendo mal. Mais cedo ou mais tarde, acabará com a sua vida. Porque, embora o senso comum ache que o pensamento é um luxo, que uma pessoa possa seguir com a visão de mundo das mais tacanhas, é justamente isso que a levará para um beco sem saída. Se não morrer de fato, viverá como se estivesse morta. São aqueles que morreram e não sabem. Explodi-los é uma chance de tirá-los desse caminho. De uma forma ou de outra, eles mesmos explodirão o seu destino. E inutilmente. É melhor fazê-los enxergar do que continuarem em linha reta até o infortúnio.

— Não sei se concordo.

— Mas precisa testar antes, se quiser tentar trazer o rei de volta.

— Preciso testar. E preciso ver se sou capaz. Posso não ser. Posso não conseguir julgar se há ou não alguma falha lógica no pensamento alheio. Posso relativizar tudo e não conseguir acionar o botão. Posso não suportar que uma vida tenha acabado por um gesto meu.

— E pode nunca mais trazer o rei para viver ao seu lado.

CAPÍTULO 13

Os pensamentos do rei

Com o passar dos dias, a vida do rei despertou para dentro. Como no interior de um sonho, de uma névoa, de uma tela de cinema. Os ecos da vida externa foram aos poucos desaparecendo. As lembranças tomaram forma. Nem cogitava mais que algum dia tinha sido rei. Estamos agora na sua infância. Parado na sacada da sua casa, o menino olha para as nuvens. Espera até que uma delas se desfaça. No caderno de desenho, uma história em quadrinhos. Sua mãe está lá na cozinha. O pai dorme no quarto. O cachorro dorme ao lado do menino. Outras nuvens se formam e depois desaparecem. Ele não sabe ainda que mais tarde usará essa imagem para falar do movimento do pensamento. Seu primeiro artigo de filosofia falava sobre a leveza. O pensamento, segundo ele, era algo para ser observado por aquele que pensa. Ele se forma, ganha corpo, é capaz de reunir outros pensamentos alheios em torno dele, pode desabar como chuva, regar a terra árida ou até mesmo destruir, inundar, alagar, provocar uma grande catástrofe. Ou simplesmente evaporar depois de cumprir sua breve trajetória. Em qualquer caso, não se deve, pensava, agarrar-se a nenhum pensamento, pois seu destino é desaparecer. Uma cabeça não consegue parar de pensar. É o seu defeito. O dono do aparelho deve saber disso. Distanciar-se, em silêncio, é a única possibilidade de não ser arrastado pelas incessantes ondas de pensamento. Propunha uma consciência sem palavras, como naquele instante na sacada, em que olhava as nuvens. Talvez só na infância pudesse realizar totalmente o que propunha já adulto. Talvez fosse uma maneira de voltar a um dos momentos mais leves de toda a sua vida. À medida que o tempo passa, as pessoas vão acumulando pesos e mais pesos. Desejos e compromissos. Lembranças e culpas Conquistas suadas que não valem o tempo que perderam para conseguir o que tanto achavam que lhes daria felicidade. Depois de conquistadas, elas começam a planejar ter mais e mais. E, tendo mais, querem mais. Por pura inércia. Desejos em movimento tendem a continuar em movimento. Passam a ter agenda para tudo, até para a diversão. Exaustas, planejam umas férias incríveis para poderem ficar apenas um instante como ele na sacada, aos sete anos, olhando uma nuvem desaparecer. A mãe chama para o almoço. O pai chega todo amarfanhado. Reclama que foi dormir tarde porque o computador pendurou três vezes e teve de refazer tudo. O cachorro abana o rabo e ganha um carinho na cabeça. Todos sentam. O cachorro fica embaixo da mesa. Num prato grande, frango assado. A mãe tira uma coxa para o filho. O pai e ela comem o peito. O menino se diverte segurando a coxa. O pai diz que ele parece o Fred Flintstone comendo uma coxa de brontossauro. A mãe canta a música do desenho. O pai grita: Vilma! Todos riem, enquanto o cachorro vai roçando de perna em perna pedindo que cocem suas costas, passem o pé na sua barriga. Os anos se passam, e quase todos os dias os três estarão naquela mesa, na hora do almoço e do jantar. O pai vai deixar crescer a barba. Depois tirar. A mãe vai usar cabelo curto, depois comprido, depois ruivo, com mechas loiras, depois normal, exceto com umas luzes para cobrir os brancos. As roupas entrarão e sairão de moda. Depois de muitos anos a casa será pintada. Um sofá novo na sala. Dois meses sem o pai, que foi trabalhar fora da cidade. O garoto já tem treze anos. É um leitor precoce de coisa de gente adulta. Os pais não sabem de onde ele tirou isso. Se parassem pra pensar um pouco, veriam que ele tirou do convívio com eles. Passou muito mais tempo entre os adultos do que com as crianças. Lê na mesa da sala enquanto come um sanduíche. A mãe pergunta que livro é aquele. Ele diz que é *O estrangeiro*, do Albert Camus. Depois que ele terminou, emprestou o livro pra ela, que ficou chocada com o tipo de leitura dele. Mas gostou do livro. Pensou em como a vida podia mudar de uma hora pra outra e sem muita explicação. O pai voltou a trabalhar na cidade. Ficou orgulhoso de ver o filho lendo. Mas também ficou preocupado, esse guri não faz outra coisa. Também leu o livro. Entendeu que o filho não era um garoto qualquer. Pensou na própria vida, em sua mania de duvidar de tudo, de não ver muito sentido em nada, a não ser em viver o dia a dia, perto de quem gostava, na sabedoria de sua mulher que dizia sempre para esperar mais um dia antes de concluir alguma coisa, pois o pensamento é traiçoeiro, depois que se dorme, ele muda sozinho. Não era muito diferente da imagem das nuvens que o filho veio a escrever um dia, aos vinte e dois anos. Ela leu e se emocionou profundamente. Pensou que era por ver o filho ser capaz de fazer algo tão belo e surpreendente. Mas, no fundo, o texto a decifrava. O rapaz cursou a faculdade de filosofia e foi fazer mestrado fora do país. A mesa ficou enorme, apenas com seu pai e sua mãe. O cachorro já havia morrido de velho. Junto com o rapaz foi a namorada, estudante de sociologia. Os dois vibravam a cada leitura, a cada parágrafo, a cada linha. Os livros cheios de anotações, sublinhados, papéis anexados com clipes. Entre cigarros e cafés, sexo. Depois leituras e novamente cigarros, e novamente café e, afinal, para que mesmo estavam namorando? Sexo. Nessa época descobriu com ela que sexo e amor eram o mesmo nome de uma fome que nunca termina. A fome de estar perto de alguém de quem não se quer nunca mais estar longe. O pau na boceta é a tentativa de fazer que os dois nunca mais se desgrudem. Mas vem o gozo e, depois dele, a solidão. A alegria atenua a sensação de vazio, de estar sozinho no mundo. Com o passar das horas, só trepando de novo. Um fica viciado no outro. Como o cigarro e o café. E também as leituras. O difícil era achar uma hora para produzir os tais trabalhos e a assombrosa tese que teriam, mais cedo ou mais tarde, de entregar e defender. A tese exigia a solidão. E tudo o que cada um queria era estar com o outro. Chegou um momento em que ou ficariam sem a bolsa de estudos, sem dinheiro, sem ter como continuar no país e tendo que voltar com uma mão na frente e outra atrás, ou apresentariam a tese. Escolheram a segunda opção. Receberam excelentes notas. Voltaram direto para a universidade mais importante de sua cidade. Passaram a receber cada um uma quantia razoável. Casaram. Alugaram um apartamento antigo. Tentaram engravidar e não conseguiram. Procuraram um médico que não soube encontrar o motivo. Resolveram não se preocupar mais com isso. Afinal, tinham um ao outro e cada um tinha o seu trabalho e as suas aulas e os seus alunos e os seus programas a elaborar e também a participação política nos sindicatos e nos diversos movimentos que solicitavam a presença deles. Nesse período, o tema recorrente era a perda da utopia. A descrença na via político-partidária. A descrença na revolução, nas elites, nos trabalhadores, na capacidade dos governos de resolver alguma coisa, na benevolência dos empresários, nos mitos que povoaram as cabeças de todos durante séculos, na democracia, nas injustificáveis ditaduras. Foi ganhando corpo uma saudade da aristocracia, da realeza. Mas de um rei ideal. Como dos contos de fadas. Um rei bondoso e sábio. Contudo, com uma correção histórica. Não um rei que recebe o trono por laços de família. Mas um que fizesse por merecer. Por mostrar que tinha mesmo a capacidade de ver mais do que os outros. Cuja sabedoria fosse notória. Que agisse sempre pelo bem do seu reino. Curiosamente, o ativo professor de filosofia foi o primeiro a se opor a essa nova utopia. Fez diversos artigos na imprensa. Participou de inúmeros debates na televisão e na internet, sempre defendendo que o pensamento não é capaz de dar conta nem da vida de quem pensa, quanto mais de um país. E cada vez mais sua fala encantava a todos. Passaram a admirar aquele professor, mesmo sempre discordando dele. As pessoas queriam era alguém como ele para pensar por elas. Era para isso que queriam um novo rei. Um rei da sabedoria. Por sua capacidade crítica de se distanciar do pensamento corrente e de qualquer armadilha de raciocínio, acabou convidado para ser o novo rei. Foi um estranho paradoxo que o levou ao trono. Ele mostrou, mesmo pensando diferente de todos, que pensava melhor do que todos. Foi convidado a exercer o cargo que criticava. Aceitou por fim ser levado ao trono. Já que não tinha como dissuadir a todos de implantar a nova monarquia, já que alguém teria que ser o rei, e como todos os candidatos que ouvia se pronunciar causavam-lhe arrepios à simples ideia de ser governado por eles, subiu ao trono para ver o que conseguiria. Quem sabe até para provar que sua tese estava certa: é impossível uma cabeça dar conta da realidade. Mais tarde, pagou caro por ir contra si mesmo. Mas um misto de beco sem saída e até de vaidade o levou a ser rei. Quem seria capaz de resistir a um convite desses? Queres ser rei? Quem responderia com um sonoro não? Foi aclamado pelas elites. E o povo terminou aceitando, até porque as pessoas comuns já sabiam na prática, sem tanta elaboração, que cabeça nenhuma resolve os problemas deles. Mas, se alguém tinha que ser rei, que pelo menos fosse aquele, que já partia de uma visão menos iludida. O negócio é cada um se virar e não esperar que caia do céu, ou de alguma alma iluminada, o próprio sustento. A esposa o incentivou dizendo que era a oportunidade de fazer justiça, de pôr em prática uma atuação política voltada para os menos favorecidos, para a solidariedade. Na verdade, esse era o ponto em que se apoiava o trabalho dela na sociologia. Não tinha uma visão simplista de opressores contra oprimidos. Buscava, no fundo do ser humano, as causas para a desigualdade social. E encontrava nos comportamentos masculino e feminino tanto a origem como o possível remédio. Dizia que o ciclo masculino de governo uma hora chegaria ao fim. E um princípio feminino iria recompor as forças sociais. O acolhimento, a maternidade, que ela não conseguira, seria a saída para pôr as pessoas num novo caminho. Ele não concordava nem discordava. Apenas percebia que esse era mais um dos tantos possíveis modos de ver as coisas. O desejo dele era estender essa capacidade a todos. Quando todo mundo fosse capaz de distanciar-se do próprio pensamento e de qualquer pensamento, teríamos um ser humano capaz de pesar as ideias e confrontá-las com os fatos. Para ele, a grande injustiça social era não possibilitar aos indivíduos evoluírem como seres pensantes. Existem ideias erradas que ficam arraigadas, presas aos cérebros das pessoas. Foi para enfrentar esses equívocos que implantou o videogame com atuação no mundo real. Só explodindo e refazendo determinadas cabeças poderia possibilitar que vissem pela primeira vez o que nunca conseguiriam se não houvesse uma intervenção externa. A tecnologia também serviu para proteger o país nas guerras. Seus soldados possuíam armas que lançavam chips nos inimigos. O aparelho se introduzia nas peles dos adversários, e todos do campo de batalha passavam a ser alvo do rei, que de seu trono comandava o videogame. O poder do equipamento e o seu poder mental se somavam. Ele sabia que, agindo assim, decepcionava enormemente a esposa. Ela era contra a violência. Contra a guerra. Contra toda forma de poder baseada no enfrentamento. Ele também. Mas, se não fosse assim, as guerras seriam ainda piores. Pelo menos dava a chance de cada soldado se recompor. O número de vidas de cada um dependia da sua regeneração mental. Os novos movimentos que fizessem iriam demonstrar se estavam evoluindo ou não. Se agiam na direção da solução do conflito ou se buscavam criar mais conflito. Se enfim percebiam as lacunas, as portas falsas, os equívocos sobre os quais se constrói uma vida. O rei ficou viciado em jogar seu videogame, assim como seus antigos alunos. Não jogava por mal. Apenas tentava desesperadamente fazer as pessoas evoluírem. Não era nisso que acreditava? Não dedicou suas melhores horas estudando os grande filósofos? Não acompanhou toda a evolução das formas de pensar da humanidade? E foi levado àquela posição pelas circunstâncias. Jamais planejou ser rei ou qualquer coisa ligada a governar os outros. Sua vida fugiu do seu controle. Ele sofria muito com isso. Sofria também com o fato de ter de gastar todo o seu tempo e o seu pensamento apenas em ações práticas. Quando era professor de filosofia, podia exercitar o pensamento, vê-lo se fazer e desfazer dentro da sua cabeça, como as nuvens na sacada do apartamento dos seus pais. Era ali que estava agora para sempre dentro do seu cérebro que pendurou.

CAPÍTULO 14

O CONSELHO REAL E A RAINHA

— Alteza! Eu, como primeiro conselheiro do reino, quero inicialmente expressar meu pesar pelo difícil momento que todos estamos vivendo. Saiba que a sua dor é de todos nós. Mas não devemos nos deixar abater. É possível que, mesmo nos mais terríveis acontecimentos, haja algum aprendizado que possamos extrair. É o que pretendo, humildemente, tentar demonstrar aqui.

A rainha percebeu logo de cara a tentativa do conselheiro de buscar uma empatia a todo custo. Deixou que prosseguisse para ver até onde iria aquele misto de amabilidade com velado jogo de interesses.

— Experimentamos por longo tempo o direcionamento do nosso amado rei para que as ações didáticas, sobretudo do Ministério da Cultura, difundissem a sua iluminada maneira de pensar. As contribuições de inestimável valor do ministro da Guerra readequaram o discurso e mesmo a visão do que vinha sendo empreendido, mostrando que o pensamento real é o pensamento da guerra. Nossos soldados ganharam novas e refinadas armas no contato com a estética e a poesia. Todo esse percurso louvável...

Mais um adjetivo — disse para si mesma a rainha. Quando alguém se põe a desfilar adjetivos em relação aos outros, algum objetivo velado tem. Deve vir em breve a diminuição. Primeiro eleva. Depois, quando pôs bem no alto, tomba. Precisa elevar tão alto quanto possível para ter o prazer de empurrar rumo a uma queda longa, que passe em câmera lenta, saboreada centímetro por centímetro.

— ...toda essa aventura trouxe frutos inquestionáveis. Mas também lacunas a serem preenchidas. O espaço entre o que desejamos e a realidade é enorme. E quem poderá afirmar que o destino não estava tramando algo superior e mais acertado do que tudo o que vínhamos fazendo? É justamente sobre essa reflexão que todos nós — apontou em silêncio para os conselheiros, que fizeram com as cabeças o gesto de concordar e autorizar o líder a falar por eles — passamos os últimos dias debatendo.

Todo esse preâmbulo — pensava a rainha — demonstra que o que vem por aí ou é algo escuso ou vazio mesmo. Do que esse homem tem medo? Da verdade. Do que mais alguém tem medo a não ser da verdade? Ele já sabe que está trazendo uma traição, uma afronta, uma bajulação desmedida e inoportuna. Mas precisa trazer. Então tenta disfarçar a verdade. Nessas horas, entendo meu marido. Apertar o botão ao lado, no braço do trono, é uma tentação. Mas deixemos o conselheiro prosseguir.

— O que queremos dizer é que sabemos que uma nova ordem virá a partir do momento em que a nobre rainha tomar pé de tudo o que se passa no reino. E sabemos que essa ordem terá como base seus princípios dos valores femininos. Esclareça-se desde já. São princípios críticos e reformadores da ação bélica e predadora do homem. Todos esses anos de poder sob a mão forte masculina só nos levaram a quê? Fome, desigualdade, guerra, opressão...

A rainha sorria por dentro — virou feminista agora! Todo o Conselho Real agora é feminista! Mas é um oportunista mesmo. E ainda um traidor do rei. Não tem escrúpulos em desfazer a imagem de quem há pouco era o seu soberano. E se o rei voltar? Certamente vão refazer toda a ladainha, dizendo que eu é que era o problema. Já até escuto a sua fala: "As mulheres são muito generosas, mas generosidade e política, na prática, nunca se deram muito bem."

— É por isso que estamos propondo desde já, antecipadamente, um novo projeto de conscientização com alcance popular, difundindo em todo o reino os princípios femininos que daqui em diante nortearão nossas vidas. O ministro da Cultura encabeçará um novo projeto, formará divulgadores, pedagogos, um verdadeiro exército a serviço de tão importante e revolucionária visão. Se tivermos a sua aprovação, dotaremos as verbas imediatamente.

— Senhor conselheiro real — iniciou a rainha —, o que o faz crer que os princípios femininos devam ser implantados pelos homens?

— Obrigado, rainha, por nos fazer enxergar.

A reunião foi encerrada. Os homenzinhos foram saindo um a um, fazendo reverências para o alto, para o trono, onde se encontrava a soberana. O ministro da Guerra assistiu a tudo. Estava lá a convite da rainha.

— Por que não os explodiu?

— Eu os explodi.

— Sim. Compreendo. Acredita que a palavra pode ser mais destruidora que mil bombas.

— Em algumas situações, sim.

— Mas o fato de além de serem detonados mentalmente também o serem fisicamente os torna duas vezes mais temerosos.

— Não os quero temerosos. Em tese, não quero nada. Apenas reagi ao que trouxeram. E eles que reajam ao que lhes disse. Pelo que vi, entenderam. Não se voltaram contra mim no momento. Até agradeceram.

Mas sei que estão contra mim. Pois sabem que meu pensamento parece ser contra eles. Então se anteciparam com o intuito de se aliar. Mostrei que não são nem serão meus aliados.

— Agindo assim, quem está à beira de ser explodida é a própria rainha. Se não mostrar que tem força, inclusive física, sobre eles, certamente eles se sentirão fortes para revidar.

— Não tenho medo do revide. Inibir o revide não resolve o problema. É melhor que mostrem com ações o que de fato pretendem. Assim, posso combater.

— É um pensamento corajoso. Entretanto, sem uma estratégia de defesa, pode ser desastroso.

— Deve haver outra forma de defesa que não seja usar o videogame do rei.

— Existem várias. Mas nenhuma tão justa, tão reparadora da consciência, nem tão lógica e eficaz.

A rainha ficou em silêncio, pensando que, por enquanto, tudo o que conseguia sentir é que acionar a explosão é um desejo quase irreprimível. Mas isso era ir contra a capacidade do ser humano de mediar os impulsos pela razão. É como se o invento fosse o resultado de um longo estresse racional. Cansado de usar o intelecto, talvez desgastado em vão por tentar transmitir sabedoria a cabeças ocas, criar o aparelho foi o caminho mais rápido para resolver entraves de natureza conceitual. Nasceu de um supremo poder dado ao rei, mas também da necessidade de decidir logo, de fazer as coisas andarem numa velocidade que só quem está no alto, no comando, precisa. Nessa loucura toda, até chip para acelerar o pensamento foi necessário. Quando se deu conta, já estava quase justificando tudo o que sempre repudiara.

CAPÍTULO 15

A GUERRA

O reino estava sendo atacado. Era o momento mais oportuno. Agora, com o rei ausente, todos apostavam que a rainha não conseguiria defender seu território. Suas convicções contra o videogame, a maior arma de defesa, foram a principal aposta dos inimigos. Suspeitava-se, inclusive, de um complô interno aliado aos invasores externos. Motivos não faltavam. A evidente ameaça de perda do poder de vários conselheiros e funcionários de alto escalão poderia ser o centro de tudo.

O ministro da Guerra fez uma longa exposição para a rainha de todo o mapa por onde as batalhas estavam sendo travadas. A evolução tecnológica dos opositores era uma grande ameaça. Não usar o videogame seria um suicídio. E só quem poderia usá-lo era ela.

A rainha viu que não tinha saída. Mas o que a moveu de verdade foi o fato de poder finalmente testar se poderia manejar aquele odioso invento. Afinal, era a única coisa que poderia trazer seu marido de volta.

Sentou no trono, abriu o vídeo que mostrava o campo de batalha. Acionou o dispositivo que bombardeava chips nos inimigos através das armas de seus soldados. Milhares de riscos luminosos mancharam o ar. Em seguida foi usando a mira mental e acionando os comandos.

Vestido com o uniforme de guerra do reino vizinho, um jovem corria. Ela mirou nos seus olhos. Pensou: quem seria ele? Teria um filho em casa o esperando? Uma namorada? Pais vivos? Amigos com quem dividia suas melhores horas? Uma lágrima correu dos olhos dela. Acionou o botão e viu a cabeça do soldado voando, os braços sendo lançados para longe, o sangue esguichando e manchando a tela do vídeo. Em seguida outro, sem saber que estava sendo visto, seguia agachado, olhando para os lados. Quantos anos teria? Não mais de vinte. Estava ali seguramente à força. Suava frio. Tentava arrancar coragem sabe-se lá de onde. Seus olhos saltaram do rosto ao comando da rainha. A cabeça explodiu. As pernas se partiram a muitos metros de distância. A mira da rainha foi ficando cada vez mais precisa. Rapidamente seis soldados explodiram numa fração de segundo. Os pontos a favor do reino aumentavam numa velocidade espantosa. A agilidade mental se transferiu para sua capacidade motora. Os dedos já estavam quase se movendo sozinhos. Um soldado mal mostra o corpo e some pelos ares. Mais outro com cara de horror, no meio dos destroços dos companheiros. A mira o segue, hesita, mas não o perdoa. Do lado de fora do castelo, ouvem-se os gritos de vitória do povo, que acompanha numa grande tela de vídeo a derrota de cada soldado. A rainha já não pensa. Apenas age. Está há duas horas guerreando. Empilhou um número incontável de soldados inimigos. Vários deles tiveram cerca de duzentas vidas a mais e foram todos destruídos até não terem mais nenhuma. Um último soldado na tela acena com um lenço branco, jogando as armas no chão.

A rainha se estira exausta, em transe, na cadeira. O reino festeja mais uma vitória. As cenas hediondas não saem da sua cabeça. Repetem-se em flashes, num amontoado de sangue e pedaços de gente. Até que adormece sem forças. As imagens seguem pelos seus sonhos. Vê, num pesadelo, o rei sendo explodido várias vezes e se recompondo. A cada nova recomposição, uma nova explosão mais terrível do que a anterior. Cada mínimo pedaço que sobra é destruído e dividido em pedaços sempre menores. No final, sobram grãos de poeira que se refazem e desfazem. Um terrível vento espalha todos os micropedaços no ar e impede que o rei se recomponha. A rainha corre em vão, desesperada, tentando agarrar o que se esfarela e foge de suas mãos.

Acorda aos prantos. Vê a tela, os soldados destroçados. Ouve a multidão festejando. À sua frente, o ministro da Guerra, que assistira a tudo.

— A rainha foi brava. Agora deve ir para a cama e dormir para recuperar as forças. O reino está salvo.

— Mas eu estou derrotada.

CAPÍTULO 16

O POVO E A RAINHA

— O rei é um doido varrido, e a rainha, uma louca de atar em poste! — disse o pai do chaveiro no almoço. Estava recebendo a nova namorada do filho. Como ex-sindicalista que era, não conseguiu se conter quando a moça elogiou a coragem da rainha para guerrear e defender o reino. E prosseguiu: — Essa desilusão com a democracia é muito boa para quem está com a vida ganha. Costuma acontecer quando um governo começa a fazer distribuição de renda. Quando o dinheiro público vai menos para os ricos e mais para os programas sociais. Aí eles se agarram ao primeiro maluco que promete devolver o que julgam ser de sua propriedade. Ou seja, tudo. Eles pensam que são donos de tudo. Em que encrenca estamos metidos... Numa guerra sem sentido. Pelo que estamos lutando? Ninguém sabe mais. A guerra virou um espetáculo transmitido pelos telões para o povo que vibra com as vitórias como se ganhasse alguma coisa. Ganha o quê?

— Tá, pai. Chega de discurso. Nem essa ideia de política, de união, de conscientização funciona também. O negócio é trabalhar, fazer a sua vida.

— Por pensar assim é que tudo fica nas mãos dos mesmos.

— Dos homens? — perguntou ironicamente a namorada do chaveiro.

— Ah, o blog da rainha! Minha filha, a mulher mal subiu ao poder e já está matando todo mundo! Não era ela que vivia dizendo que a guerra era o homem?

— Pois essa eu também não entendi...

— Só essa que vocês não entenderam? — interrompeu o chaveiro. — O erro é querer ficar entendendo. Se cada um fizer a sua vida, não vai achar nem tempo para ficar perdendo com esse tipo de gente. Eles que fiquem com os castelos, os videogames...

— E você, meu filho, fica com o quê?

— Fico com a minha vida. Eles não podem ser donos da minha vida. E tanto não são que, se eu não trabalhar todo dia, não vai vir ninguém aqui me dar comida, pagar as minhas contas.

— Em compensação, tem de pagar a vida deles, com impostos e mais impostos.

— Bom, pai. Eu não vim aqui pra discutir política. Vim pra trazer a minha namorada.

— Pelo jeito, o namoro está firme. Veio apresentar para o pai... Onde vocês se conheceram?

— No bar dela.

— Você tem um bar? É dona, ou só trabalha nele?

— Sou a dona.

— Ah, enfim uma mulher moderna!

— Tá vendo? Não é à toa que é fã do blog da rainha...

— Olhem, meus queridos. Se tem uma coisa que precisa evoluir no casamento é esse negócio de o homem ter de carregar tudo nas costas...

— Eu concordo com o senhor. Se fosse pra ficar dependendo de homem, jamais me casaria...

— Posso saber por que vocês dois estão falando em casamento?

— Vai fazer desfeita a uma moça bonita como essa?

— Olha só! Ele me traz aqui pra ficar me esnobando na frente do senhor!

— Calma, calma... Pra quando marcamos o casamento?

— Sei não... Olha só o casamento do rei e da rainha no que deu... Tá lá o cara pendurado, e a rainha tendo que mandar fogo em todo mundo...

— Bom, então não vai ser muito diferente de hoje... Eu vivo pendurando tudo o que é conta, e você, dando um fogo nos gambás que vão beber no bar!

Os três já estavam rindo, contando piadas. O pai buscou fotos de quando o chaveiro era criança. Mostrou a imagem da mãe que morrera havia muitos anos. A tarde passou rápido. No final do dia, o chaveiro e sua namorada se despediram. O pai, depois de fazer seu próprio jantar, lavou a louça, botou seu pijama e foi ler. Pegou da estante antigos panfletos que falavam do proletariado, da esperança em transformar a vida pela revolução. Depois da leitura, anotou em seu diário: "Eles conseguiram esvaziar todos os movimentos. Tudo o que tinha sentido coletivo foi trocado por uma crença na vitória individual. Nessa farsa, pra que democracia? Não há mais grupos a representar. Não há mais grupos. Só cada um por si. O rei é o espelho desse mundo de poder individual. Mas o que estamos vivendo é só mais um dos tantos disfarces da mesma luta." Luta era uma palavra que, durante muito tempo teve, para ele e os amigos, um sentido forte. Dava uma ideia de duração, de que estavam em movimento, de que algum dia o que buscavam iria chegar. E, mesmo que nunca chegasse, poderiam sempre dizer uns aos outros: “A luta continua, companheiros.” Hoje, a única luta que mobilizava a todos era a que passava nos telões. Antes com o rei, agora com a rainha.

CAPÍTULO 17

O REI E O CHIP

O chip estava instalado no rei. Médicos e cientistas acompanhavam, com todos os aparelhos ligados. A rainha tinha as mãos nos botões. Tentava focar sua mira mental no rei, mas sua visão saía de foco. Uma névoa se formava, o rei ficava com fantasma, como nos antigos televisores com antena. Ela se concentrava de novo, fazia força para ter uma imagem nítida, mas sua vista ficava turva. Os pensamentos foram se sucedendo, a inutilidade daquilo tudo, aonde tinha chegado, quem quer trocar de lugar com ela, quem quiser que entre aqui e assuma o comando, não está brincando, ganha trono, cetro e coroa, além de uma vida com tudo o que desejar, nada estará fora do seu alcance, nada passível de ser comprado, feito, roupas, comidas, casas, carros, naves, joias, viagens, cursos, livros, aparelhos, quinquilharias, objetos de decoração, antiguidades, cremes, xampus, cortes de cabelo, peças de teatro, filmes, músicas, uma banda, uma orquestra à espera de um aceno, tapete vermelho se desenrolando a cada passo, louças, pratarias, cristais, o mar, a lua, o sol, ou a neve, a estação de esqui, vinhos, brinquedos, o que você quiser e não está listado aqui, vamos diga, ela troca de lugar com você agora, ou mesmo o prazer de matar o rei, o chefe, mate quem você quiser, mas mate você, não ela, que quer sair de fininho, sua mãe onde está, agora que ela precisa, debaixo da terra, seu pai virou farelo, seu psicanalista deu alta, seus livros todos, páginas e páginas em branco, suas músicas, apenas barulho, seus amigos estão resolvendo os próprios problemas, uma última proposta, você entra em cena agora e ganha a fama, ninguém responde, ninguém vai andar com as suas pernas, vai abraçar com os seus braços, vai beijar com a sua boca, vai se olhar por você no espelho e pensar que está horrível, que desse ângulo até dá pra encarar, que pensando bem até que é bonitinha, que a bunda caiu ou é impressão, que se não emagrecer não tem mais escapatória, nem vai entrar na sua cabeça e pensar por você que isso tudo é bobagem, um dia vai morrer mesmo, pra que tanta angústia, ninguém vai rir disso tudo como só você talvez venha a rir um dia da sua inabilidade para viver, para ficar feliz, para se contentar com o que tem e não querer ficar buscando a felicidade como se precisasse encontrar em algum lugar, como se estivesse esperando para ser achada, ninguém está nem aí com você e só fica solidário quando se compara a si mesmo, pensa, puxa, já pensou se fosse comigo, ou seja, teme por si não por você, entendeu, você é quem, sou eu, eu sou você, então quem sou eu, você, e quando a rainha fundiu o eu com você viu nitidamente o rei a sua frente, parado, pendurado, como a múmia de um faraó, eterna, soberana, para sempre, e foi isso que ela explodiu, quando viu que ela também estava pendurada esse tempo todo e não tinha notado, refazendo sempre o mesmo blog, dizendo sempre a mesma coisa, o homem é a guerra, o homem é a guerra, o homem é a guerra, o homem é a guerra.

A rainha se jogou no chão, aos prantos, descontrolada, gritando "o que eu fiz, o que eu fiz?!". Os médicos se jogaram sobre ela, tentando contê-la. Dois a seguravam pelos braços, dois outros abraçaram suas pernas. Aos prantos, dizia que tinha matado o rei. Kant disse que ninguém mata o rei! Meu marido amava Kant! Eu matei o rei e matei Kant! Suas palavras descontroladas já perdiam o sentido. O terrível sonho virou realidade, ele não vai voltar, ele não vai voltar!, gritava já quase sem voz.

Aos poucos o rei foi voltando. Seus braços, suas pernas, o tronco que encaixou e uniu os membros, a cabeça, os olhos piscando, a boca que começou a falar:

— Não sou rei. Sou um professor de filosofia.

Todos vibravam na sala. A rainha se jogou nos braços do marido pedindo desculpas por quase o ter destruído para sempre.

Alguns dias após toda a comoção, depois de fazer exames e um tratamento de recuperação, o rei disse com clareza para a rainha que não ficaria mais no trono. Nesse tempo todo que tinha ficado acordado para dentro, viu que estava indo contra o que ele era: uma pessoa que pensa pelo prazer de pensar. Não queria mais tentar fazer que todos fossem como ele. Antes sofria muito com essa solidão de ser uma pessoa que pensa tão diferente de todo mundo. Queria provar que seu pensamento poderia servir para alguma coisa numa tentativa desesperada de comunicação, de convívio. Então começou a tornar o que pensava sempre aplicado a alguma coisa. Esse constante fazer o levou, paradoxalmente, a ficar sem ação. Mas, depois de experimentar a verdadeira solidão esse tempo todo que ficou paralisado, viu que não há por que temer ficar só. Na verdade, não há como não ficar. É na solidão que todos estamos juntos. Foi isso que aprendeu vivendo com seu pai, sua mãe e ele, pequeno, na sacada, olhando as nuvens se formarem e se dispersarem. Foi isso que concluiu e que o fez querer voltar ao convívio das pessoas.

Os médicos comprovaram que o rei havia pendurado por problemas emocionais. E, como conseguiu superar, ele voltou. Caso tivesse ficado sem solução, sem saída, teria explodido para nunca mais. O episódio abriu um novo capítulo na medicina e na ciência. Congressos e pesquisas foram feitos para mostrar que, mesmo com toda a tecnologia, ainda era a emoção que, em última instância, comandava o ser humano.

Já a rainha, por direito, poderia continuar no comando do reino. Tinha mostrado capacidade de superar até a si mesma para defender seu povo. Mesmo que, no fundo, tivesse enfrentado tudo para recuperar o marido. Foi fiel a ele o tempo todo. E, como ele agora não queria mais ficar no trono, ela decidiu que estava na hora de também ser fiel a si mesma, aos seus ideais de justiça social e de um mundo mais fraterno. Foi por isso que decidiu que continuaria a comandar o reino. Queria pôr em prática sua visão de governo. O rei desejou-lhe boa sorte.

O povo foi comunicado da desistência do soberano e da continuidade do poder nas mãos da rainha. Os homens pensaram "agora estamos fritos". As mulheres comemoraram. Houve uma semana inteira de festejos. Nos bares, a discussão acalorada sobre como seria o novo reino era o assunto que não dava trégua. Ironias não faltavam para menosprezar a capacidade da rainha. Os mais céticos diziam que tudo ficaria na mesma. Quem manda, seja homem ou mulher, quer ajeitar a própria vida. Enquanto as pessoas comentavam nas ruas, as mudanças estavam em curso no palácio.

Os funcionários esperavam pelo comunicado oficial de como seria a nova formação do governo. Temiam perder o emprego, mas ficavam aliviados quando pensavam que tinham aposentadoria garantida.

Nos porões do castelo real, a festa continuava. Orgias, sexo livre, bebedeiras. A criadagem nem ligava para o que viria a acontecer. Enquanto pudessem aproveitar, lá estariam.

CAPÍTULO 18

O NOVO REINO

A rainha já possuía toda a estrutura do novo reino pronta. Mas restava um ponto que não havia resolvido. Chamou o ministro da Guerra.

— Minha rainha — disse o ministro, fazendo reverências.

— Caro ministro. Chamei-o aqui para antecipar o que vou implantar no reino.

— É uma honra essa distinção à minha pessoa, Alteza.

— Talvez, depois de ouvir, possa achar mesmo que é. Ou não. É o que saberemos em seguida.

O ministro ficou em silêncio, escutando. Olhava para a rainha no alto do trono e pensava que aquilo tudo, vendo agora, combinava muito mais com ela do que com o rei. O trono parecia ter sido sempre dela.

A rainha prosseguiu.

— Tenho quase tudo fechado, mas uma coisa não encaixa na minha cabeça.

— Sim. Posso ajudar a entender, se assim achar que devo.

— Mais do que entender, quero é fazer uma consulta. Antes, porém, vou falar do que já tenho como certo.

O ministro adivinhava o que viria a seguir: as mulheres tomariam todos os postos do governo. Ele, portanto, estava fora. Mas e a consulta? Era sobre o quê? Qual auxílio pediria logo para um homem? Ela que perguntasse às mulheres. Avaliava tudo isso, enquanto lembrava que as reuniões com o rei eram muito mais objetivas. Não tinha essa história de consulta. O rei dizia que as coisas seriam do jeito que ele achava que deviam ser. E ainda explodia quem falasse besteira. "Que saudade!", pensou, olhando para aquela figura imponente, maquiada, com o cabelo pintado de loiro. Era bonita. Rico é sempre bonito, disse para si mesmo, numa indisfarçável lembrança da própria condição de quem veio de baixo e teve de lutar para se fixar na corte. Já a rainha era um típico exemplo de classe média que aspira à vida despreocupada de quem não precisa suar para usufruir todo o luxo que sempre sonhou.

Todas essas coisas passaram pela sua cabeça nos mínimos segundos que transcorreram até que a rainha projetasse no espaço o holograma com o organograma do novo governo. Em todas as funções, como ele e todos imaginavam, mulheres no comando. Nomes importantes nas mais diversas áreas. Todos os nomes juntos eram uma demonstração de como havia especialistas da maior qualidade para tudo no reino. Como se viessem, ao longo dos anos, se preparando para esse momento. Um exército de mulheres incansáveis, dia e noite, aprendendo sobre todos os assuntos. Enquanto os homens, cada vez mais donos da situação e menos dedicados, se queixando da vida e do excesso de trabalho, foram ficando pra trás. Agora, pensava, chegou a vez dele. A consulta era para quê? Para saber se seria deportado, ganharia uma aposentadoria antecipada, demitido por justa causa, preso por ser o infame ministro da Guerra, em carne e osso o homem que é a guerra. Só poderia estar numa enrascada.

— Então, como se pode ver, há mulheres em tudo. A partir de agora, todos os cargos que decidem serão encabeçados por grandes mulheres. Profissionais com méritos inquestionáveis. Por que não homens?, perguntarão. E eu responderei: por que não mulheres? Até aí, estamos bem. Chegou o momento de testar se realmente a visão feminina soma, muda, acrescenta uma novidade nas decisões. É hora de ver se o mundo gira de outra forma. Se não testarmos, como vamos saber?

— É evidente, Alteza. São as suas convicções. Foi o que pregou durante tantos anos. E tem não apenas o poder para pôr em prática, como o direito e o dever de assim o fazer.

— Obrigada pelas amáveis palavras. Não quero que fiquem pensando que sou contra os homens. Nem penso que os homens sejam contra as mulheres. Apenas quero pôr em teste uma hipótese. Se as mulheres têm uma capacidade de afeto, de sensibilidade, de acolhimento que difere da dos homens, poderemos ter uma vida mais solidária, menos violenta, se os destinos do reino forem decididos por elas? Não tenho essa resposta. Ninguém tem. Vamos viver juntos esse início de, quem sabe, uma nova era.

— Vamos?

— É aí que quero chegar. Se o nobre ministro percebeu, não há no organograma a função de ministro da Guerra.

É claro que ele tinha percebido. Foi a primeira coisa que procurou quando a rainha mostrou o seu projeto. Preferiu não demonstrar preocupação.

— Nem tinha notado. Aliás, nem esperava que tivesse. Afinal, não foi o que a rainha sempre falou todos esses anos, contra a guerra?

— Falei e continuo falando. Tanto que vou substituir o cargo de ministro da Guerra pelo de ministro da Defesa.

— Vai procurar nunca atacar. Só se defender.

— Exatamente.

— Mas a conquista de posições, atingida com uma pequena batalha, pode evitar uma guerra muito maior ao longo do tempo. Quando se deixa de avançar, algum inimigo pode agir na frente e depois acabar nos pegando pelas costas.

— É justamente por essa sua visão sempre em pé de guerra que quero fazer uma proposta. Proponho que o cargo de ministro da Defesa seja ocupado por você. Não consigo pôr uma mulher nesse lugar. Acho absurda essa conclusão. Mas não encontro outra. Meu convite é também uma consulta. Estou certa em pensar assim?

— Não me cabe dizer se a rainha está certa ou errada. Mas não conheço nenhuma mulher que possa ocupar esse cargo. Exceto uma.

— Quem?

— A rainha.

— Por que eu?

— Assisti a sua coragem para guerrear com o videogame.

— Mas minha coragem ali foi movida pelo desejo de trazer meu marido de volta. Talvez tenha sido o momento mais terrível de toda a minha vida. Nunca pensei que fosse capaz de atacar outra pessoa, de tirar sua vida.

— É, sem dúvida, uma sensação terrível. Mas por que alguém faz isso? Para defender a própria vida e a dos outros. Enquanto houver ataque, é preciso que se defenda.

— Sim. Entendi isso, mas não quero nunca mais ter de fazer algo assim.

— Ninguém quer.

— Não, os homens, bélicos por natureza...

— Os homens fazem isso para proteger as mulheres... Mas vi que a rainha é capaz de se proteger sozinha... Não precisa de mim nem de nenhum homem. Se me for dado escolher, prefiro me retirar do governo. Sei que estarei protegido dos ataques inimigos pela rainha. E, se permite uma crítica, que reino feminino é esse em que as mulheres ficam só com a parte boa e deixam a bronca para os homens...

— Faz sentido... Se me permite uma última pergunta... O que o ex-ministro vai fazer de sua vida agora?

— Serei apenas um soldado aposentado. Não há nada de glorioso nisso. Como aqueles antigos samurais, quando morriam todos os descendentes da família a quem sua casta teria que defender, agora estou livre para escolher qualquer caminho. Até um honroso suicídio.

Este livro foi composto na tipologia Minion,
em corpo 12,5/17, e impresso em papel
off-white 90g/m² no Sistema Cameron da Divisão
Gráfica da Distribuidora Record.